AF327886

DOCUMENTS

SUR LA

Famille du Chancelier Gerson et sur les villages de Gerson et de Barby.

Notre étude sur l'origine du chancelier Gerson, c'est-à-dire l'historique de sa famille et de son petit village, doit se poursuivre et se rectifier ici à l'aide de nouveaux renseignements (1). Le premier à donner, c'est l'indication du mérite de l'ouvrage du docteur Schwab, le plus vaste travail qui ait été publié en notre siècle sur Gerson, et qui donne sur ses débuts, comme sur sa vie entière et ses œuvres, les jugements les mieux approfondis et les plus étendus (2). L'érudition française, qui n'a point encore traduit et élucidé ce livre, peut du moins essayer d'en compléter les détails par des extraits d'archives, relatant parfois quelques particularités inconnues ou quelques circonstances locales se rattachant à la grande mémoire de Gerson.

Rien n'est à négliger lorsqu'il s'agit de rapprocher les hommes célèbres du milieu dans lequel ils sont nés, car, pour la plupart d'entre eux, l'histoire a oublié l'humble origine, si féconde cependant en fortes leçons et en touchants contrastes.

---

(1) Documents faisant suite à ceux déjà publiés dans les *Travaux de l'Académie de Reims*, t. LXVIII, p. 216.

(2) JOHANNES GERSON, *professor der theologie und Kanzler der universität Paris*, Eine monographie von Dr Johann Baptist SCHWAB, gr. in-8° de XVI-808 pages, Würzburg. 1859. — Sur l'origine et la famille de Gerson, p. 54. — Cfr. dans la *Revue Historique* du 1er Mai 1882, note de M. G. Monod.

I

ÉDUCATION DE JEAN GERSON PAR ELISABETH LA CHARDENIÈRE

« IOANNES CHARLIERVS, patrem Arnulphum optimum et
Catholicum virum, habuit Gersonii, quod est pagus agri
Rhemensis, non longè à Rhetelio : illum Elizabeta pien-
tissima mater, post lachrymas et assiduas orationes Deo
fusas, die XIV Decembris, anno M. CCC. LXIII à Domino
impetravit, omnemq. operam cum marito, ut piè et libera-
liter filius erudiretur, usque adeo certè impendit, ut ne
quidem anilibus fabellis aut ludicris (quibus puerilis ætas
ineptè solet adlactari) illum unquam recreari passa sit.
Uterque vero parens, nihil quotidie filio tantopere frequen-
tabant, quàm *Omne datum optimum, et omne donum per-
fectum a patre luminum descendere :* unde quoties Char-
lierus, poma, ficus, nuces, aut crepundia aliqua habere
desiderabat, ea prius orando Deum, ab optimis parentibus
emere cogebatur, qui interim filiolo (ipso orationis æstu
abrepto) de fenestra aliqua, solario, vel camino, quæ pete-
bat, abundè largiri atque effundere, hisque insuper verbis
illum magis ac magis ad pietatem incendere solebant :
*Vides, dilecte fili ! quàm bonum sit orare Dominum Deum,
qui talia confert orantibus.* »

(*Vita Joannis Gersonii*, en tête de l'édition de ses œuvres, par Richer,
in-f°, Paris, 1606.)

II

LETTRE D'ELIZABETH LA CHARDENIÈRE, ÉCRITE DE GERSON VERS 1393, A SES DEUX PLUS JEUNES FILS, NICOLAS ET JEAN, ÉTUDIANTS AU COLLÈGE DE NAVARRE, A PARIS

« Mes doulx enfans de mon cuer, vostre mère vous salue,
vostre celle qui tant doulcement vous nourry, celle qui,
après la douleur de vous porter et l'angoisse de vous enfanter, vous tous jours jusques a cy, si tendrement ame,

celle mère qui souvent s'effource de vous enfanter en Dieu par pleurs et lermes et continuelles oroisons, affin que vous ayez le doulx Jhesus avec vous, par grace, en votre cuer. Je vostre celle mère maintenant vous appelle, mes deux chiers enfans ; et car je ne puis par parolles, par ces escrips je vous araigne. Je vous pry, escoutez moy, ne clouez point voz oreilles aux parolles de celle qui souvent a ouy paciemment les cris et brais de vostre enfance.

« Escoutez doncques, entendez et retenez l'enseignement premier de vostre mère tele que dit est : c'est que vous doubtez et amez Dieu de toute vostre amour et de toute vostre pensée, et telement, que pour riens vous ne consentiez a pechié, c'est a dire que vous ne faciez chose qui soit contre aucuns de ces commandemens. Soyez purs et nez de corps et d'ame, comme il affiért a enfans qui veulent estre d'Eglise et a enfans qui ont telz exemples de bien vivre en leurs [   ] (1) autres frères et seurs. Et car je tiens souvent que vous povez ouïr bons enseignements telz, où vous estes, tant de vostre frère, comme d'ailleurs, je me passe a tant de cecy, en vous affermant que mieulx me seroit desirer et veoir vostre mort corporelle, que vous veoir vivre et durer en l'ordure de pechié mortel.

« Mes doulx enfans, pensez souvent que vous soyez de couste moy que vous me veiez et oyez parler, et faictes aussi en la presence de Dieu, quand vous serez seulx, comme se vous estiés prouchains de moy et que je vous regardasse. Mais aussi, a moy vostre mère, rendez le samblable de ce que je vous faiz : c'est que vous priez songneusement, devotement et ardemment pour moy ceste qui souvent pleure et gemist a Dieu pour vous. Trop seriez desnaturelz que Dieu ne vueille, se vous m'oubliez, qui tellement vous ay jusques à cy et auray, tant que Dieu plaira, en memoire et souvenance. Pensez a mon ancienneté et a mon grant et espoventable besoing que j'ay et auray au derrain point de la mort, et l'orreur et la paour que j'ay que ma penitence ne soit mie souffisamment faicte

(1) Le nombre des enfants n'est pas indiqué dans l'original ; l'espace est laissé en blanc.

quand je trespasseray. Mettez devant les yeulx de votre pensée que vous me voyez vostre mère ou lit de la mort, vous tendre les mains jointes, prier et requerir que vous me secouriez envers Dieu par oroisons et bonnes euvres. Se en cest estat estoye, et si seray je quand Dieu vouldra, vous mesmes deux enfans, pourrez vous estre si deurs et si descongnoissans, que vous ne me secouriez selon votre povoir ? Certes, je croy que nennil : aincoys vous efforcerez en toutes guises de aidier ma povre ame, a ce derrain et souverain besoing, par toutes bonnes oroisons et dévocions. Or pensez doncques souvent vivement et parfondement que en cest estat vous me regardiez et m'aidiez à secourir, tant qu'il est temps et que vous le povez faire, car avant se fait bon pourveoir. Priez songneusement à Dieu qu'il me pardonne mes meffaiz et quil me reçoive en sa glorieuse compaignie, et que là je vous puisse veoir. Amen.

« Chiers enfans, souviengne vous aussi de vostre bon père, avec lequel seul j'ay vescu tant longuement et d'un accort, et qui tant de paine a pris tous jours pour vous avancier au service de Dieu. Prenez en exemple vos bonnes seurs et priez pour elles devotement, car elles ne vous oublient point. Priez aussy pour vos deux autres grans frères, et faites que celui avec lequel vous estes se loue tous jours de vous comme il s'en loue maintenant, de quoy j'ay telle joye que je ne la vous sauroye dire, et du contraire je auroye courroux presques jusques a la mort. Et quant vous aurez temps et lieu, au moins chascune sepmaine une foiz, lisiez ces lectes bien actrait et pensant meurement : et vous metez en oroisons et bonnes pensées envers Dieu en vostre secret, et vous efforciez de vaincre et surmonter toutes mauvaises temptacions du monde, de la char et de l'ennemy.

« Et le benoit Createur et Sauveur qui vous a fait venir au monde par mon moyen, vous doint selon vostre desir, puissance, congnoissance, grâce et voulenté de le servir et accomplir ce que je, vostre mère en lermes et en soupirs, vous faiz escrire maintenant par la main de Poncete vostre seur, affin que vous ayez remembrance de moy, vostre ancienne et fleble mère, et que jeunesse la fole ne vous face oublier Dieu et moy et vous mesmes. Escript a Gerson, etc. »

(*Bibliothèque nationale*, Fonds français, 990, f° 98. — Sur le feuillet de garde, au commencement du ms., on lit en écriture du xv° siècle, contemporaine du reste du ms., ces mots : « Ce livre est au duc Bourbonnois. » — Document déjà publié dans les *Travaux de l'Académie de Reims*, t. LXVIII, p. 135, reproduit ici après révision de l'orthographe sur le manuscrit original, par M. Louis Demaison, archiviste-paléographe.)

III

THOMAS DE GERSON A PARIS EN 1451, ET A REIMS EN 1473

« XI Augusti 1451.

« Domini Gerson et Moneti, cum domino camerario, deputantur ad recolendum inventarium librorum Librariæ ecclesiæ, et ad providendum super emissione sive perditione nonnullorum ipsorum. »

(*Registres de la Librairie de Notre-Dame de Paris*, reproduits par M. A. Franklin, dans l'*Histoire générale de Paris*, *Anciennes Bibliothèques*, in-4°, 1867, t. I, p. 53.)

« A la mort de Jean Juvénal des Ursins (14 juillet 1473), le Chapitre de Reims nomma le 24 juillet suivant, ses procureurs Jean Burelly, evesque de Beziers, Jean Leroy, trésorier, Thomas de Gersonne et quelques autres pour obtenir de Sa Majesté, la permission de procéder à l'élection d'un archevesque suivant les saints canons. Le roy avait nommé Pierre de Laval par lettres du 18 juillet 1473. »

(*Marlot français*, t. IV, p. 222.)

IV

BARBY (*Balbeium*) AU POLYPTYQUE DE SAINT-REMI ET DANS FLODOARD

» X. Decimæ de abbatia Sancti Thimothei ad hospitium sancti Remigii.

4. In pago Porcensi, decimæ hæc sunt :
De Balbeio

. . . . »

(B. Guérard, *Polyptique de Saint-Remi*, p. 18.)

———

Flodoard, dans son *Histoire de l'Eglise de Reims*, indique Barby (*Balbiacum* ou *Balbeium*) comme étant le lieu où les reliques de saint Gibrien furent transportées, vers 895, sous l'archevêque Foulques, de Cosle (*Cosla*), au diocèse de Châlons, par les soins de Haideric (*Haidericus religiosus comes*). Ces reliques y séjournèrent jusqu'en 898, époque où elles furent transportées à Saint-Remy de Reims. — Le mot *Balbiacum* est inexactement traduit par *Balby*, dans l'édition de Flodoard donnée par l'Académie de Reims. Le village de Barby est également appelé *Balbeyum* dans une charte de 1168 du cartulaire du comté de Rethel, et la forme *Barbeyum* paraît être plus moderne.

(*Histoire de l'Eglise de Reims par Flodoard*, édit. de l'Académie, t. II, p 496. — *Notice sur le cartulaire du comté de Rethel*, par M. L. Delisle, 1867, p. 12 et 35.)

V

IMPÔTS ET FEUX DU VILLAGE DE GERSON DU XIVe AU XVIIe SIÈCLE

En 1364, la *ville de Gerson* est taxée à *VI frans*.

En 1544, dans les *Aides pour la guerre*, on voit figurer au doyenné de Justines, le *huictiesme du vin de Gerson*

*affermé pour l'année de compte à Poncellet le Vieulx, pour
la somme de deux solz parisis.*

En 1626, Gerson doit payer une taille de III livres XI
sols.

En 1628, dans la *Minutte des rolles obmis à imposer*,
la part de Gerson est fixée à IIII sols.

En 1629, Gerson doit payer XLV livres de tailles. — En
regard, le nombre de ses feux est porté à XXVI.

En 1639, son rôle pour la taille est de XXIIII livres
XII sols.

(*Archives de Reims*, Registres de la Taille dans l'Election de Reims, papiers non classés.)

En 1657, Téruel, délégué par Fabert, visita Gerson et
en constata l'état en ces termes, dans ses notes pour rédi-
ger le cadastre :

« Gerson, hameau inhabité et désert. — Taille, 40. »

(*Statistique de l'Election de Rethel en 1657*, Registres de Téruel, mss. de
la BB. Sainte-Geneviève, à Paris.)

VI

VISITE DU VILLAGE DE GERSON ET DE LA MAISON NATALE DU
CHANCELIER, PAR DOM GANNERON, CARTREUX DU MONT-
DIEU, VERS 1639.

« Plusieurs ignorent quel village est que Gerson, bien
qu'on sçache assez qu'il est au diocèse de Reims, mais on
ne scait où, car il n'est point compris dans le catalogue des
paroisses de l'évesché de Reims. Je le diray donc, pour
avoir eu le bonheur que de le voir plusieurs fois. Le village
ou hameau de Gerson est situé contre la ville de Rethel
du costé de Chasteau Portian, et appartient à l'église de
Reims qui en retire grand revenu ; il est néantmoins du
ressort du bailliage de Vermandois à Reims et gabelle de
Chasteau Portian. Il n'y a point d'église à Gerson, sinon

une petite chapelle de S. Martin, où on dit la messe une fois l'an environ. La paroisse est au village de Barbie qui est tout joignant et attenant de si près qu'il semble que ce ne soit qu'un village des deux. On veoit encore la maison de Maistre Jehan Charlier de Gerson, où il demeure présentement un laboureur. Elle demonstre encore je ne scay quoy d'antiquité, toute maison de village qu'elle est. Entre autres choses, on y veoid une cheminée assez ancienne percée et cachée dans la muraille sans avancer au dehors. La nasquit le B. Jehan Charlier, qui y passa aussy sa jeunesse. Les bonnes gens qui vivent encore au pays font gloire de sa naissance et racontent plusieurs choses de luy qu'ils ont appris de leurs ancestres. Aucuns mesmes, tous idiots qu'ils sont, se plaisent d'avoir de ses escrits bien qu'ils n'y entendent rien. »

(Mémoires mss. de D. Ganneron, t. Ier, *Centuriers de l'estat ecclésiastique du pays des Essuens, anciens peuples de la Gaule Belgique*, écrit en 1639. — Page 301, aux années 1363 et 1429. — *Extrait communiqué par M. Sénemaud, archiviste des Ardennes, membre correspondant de l'Académie de Reims. le 24 décembre 1881.*)

VII

EXTRAITS DE MÉMOIRES SUR LE VILLAGE DE GERSON, RÉDIGÉS AU XVIIIe SIÈCLE

« Le territoire de Gerson est de l'Election de Reims ; les habitants, depuis la ruine du village, ne formoient qu'une seule et même communauté avec Barby, quoique cette dernière localité fut d'une élection différente (Rethel). — A Gerson, on compte actuellement quatre maisons où se sont établis quatre cabaretiers, au bout de la promenade des Isles de Rethel, et deux moulins à vent distants de Sorbon d'une grande lieue.

« Barby et Gerson ne faisoient autrefois qu'une seule communauté, ainsi que le prouvent des lettres patentes de 1581 et la sentence d'entérinement du 17 août de la même année.

« Il est permis (alors) aux habitants de Barby-Gerson de vendre quelqus uns de leurs usages pour payer leurs dettes. Actes pour ventes d'usages des 7 avril 1643 et 29 février 1652. »

(Extrait d'un mémoire.)

« ... 4° — Preuve certaine que Gerson dépendoit entierement de Barby. Voici un fait qui va confondre les habitants de Sorbon, qui n'ont jamais joui d'aucuns priviléges sur Gerson. Chacun sait dans la province de Champagne, la fameuse et ancienne épitaphe de la mère de l'illustre Jean Gerson, qui est proche la porte de l'église de Barby, faite par Jeau Gerson, son fils, l'an mil quatre cent un, monument ancien qui subsiste depuis quatre (*trois*) cent soixante dix sept ans, et qui prouve sans replique que Gerson a toujours été de la paroisse de Barby et de sa dépendance........ 1650, temps de la destruction de Gerson.... »

(Mémoire pour les habitants de Barby, en 1778.)

« Gerson étoit, avant l'année 1668, un village dépendant de l'élection de Reims, doyenné de Justine. Il n'a cessé d'être porté au rôle du département de cette élection qu'en 1702, parce qu'alors il étoit détruit entièrement..... En 1776, le sieur Chevrier exploitoit la ferme de Bourgeron. »

(Mémoire des officiers de l'Election de Reims.)

« .... En 1702, il ne se trouve plus d'habitants à Gerson faute de maisons. Il y a environ trente ou trente cinq ans que deux particuliers de Rethel ont fait construire deux moulins à vent à peu de distance de cette ville, en un lieu appelé Hottin, terroir de Gerson. »

« Il y a aussi environ dix ans que quatre autres particuliers ont fait établir à l'extrémité du terroir de Rethel, et
a une très petite distance des promenades publiques de
cette ville, mais sur le terroir de Gerson, des espèces de
maisons, qu'on a qualifiées de *guinguettes*, pour y vendre
du vin à bien meilleur compte qu'à Rethel. »

(*Mémoire du subdélégué de Rethel*, 1779.)

Ces renseignements, extraits des Archives départementales des Ardennes (C, 307, Barby-Gerson), m'ont été obli-
geamment communiqués par M. Ed. Sénemaud, archiviste. — Il y a lieu de rapprocher ce qui concerne les
Guinguettes et les moulins de *Hottin*, des pièces des Archives de Reims, Fonds de l'archevêché, cueillerets et baux
devant les notaires de Rethel en 1749, 1750, 1774, 1782 et
1787, qui donnent des indications analogues.

VIII

CHAPELLE SAINT-MARTIN DE GERSON EN 1566

EXTRAIT *des Benefices cures des doyennés du diocèze de Reims, suivant
la representation des titres.*

« 10 Janvier 1566, devant Pâques.
« JARSON, *chappelle*, ce mesme jour que dessus c'est pre-
senté maistre Ponce Loret, prestre du diocese de Reims
et chappelain de la chappelle de SainctMartin de Jarson,
lequel nous a représenté et exhibé son tiltre qui (est) une
provision de l'ordinaire datté de l'an mil cinq cent soixante,
scellé du seel vicarial de mondit seigneur illustrissime et
reverendissime cardinal de Lorraine, duc et archevesque
dudit Reims, et signé de son secretaire *Jo. Comitis*, en
vertu de laquelle, ce a faict mectre en possession par ung
nommé Symon Flamaing, notaire juré tant de la court ar-

chiepiscopale et conservation des privileiges apostolicques de l'Université de Reims, que immatriculé du siége real dudit Reims, l'an mil cinq cent cinquante et trois, le vingt-tiesme de novembre, et depuis ce temps a enlevé et per-çeu les fruictz dudit benefice et chappelle. »

« 16 Juin 1564.

« Messire Jehan Baraulz, curé de Barbye, prestre du dioceze de Troie en Champagne, depuis lequel temps a resi-dé et reside pour le jourd'huy. »

(*Archives de Reims*, Fonds de l'archevêché, layette 40, liasse 155, n° 15.)

IX

DOCUMENS SUR L'ÉGLISE ET LA PAROISSE DE BARBY ET GERSON
DANS LES VISITES DES DOYENNÉS
1618.

« Inventaire général des tiltres et papier de l'eglise Monsieur St Jean Baptiste de Barbye, diocèse de Reims. — Arpentage général des terres faict pardevant la justice de Barby et Gerson, datté du 2e et 26e septembre 1618. ...... Chenevière ou soloit estre ene maison, lieudit à *My la ville,* royez la ruelle aux aguilles, proche la grange de Goujet..... la prez de Gerson.... Noel de Gerson. »

1720.

« *Etat du doyenné de Mazarin, l'an 1720.* BARBI. De-cimateurs : l'abbé de St Remy, le prieur de Novy et le curé qui ont chacun des parts différentes selon les diffé-rens cantons de Barby et de Gerson, qui étoit cy devant un village et dont il ne reste plus que le terroir.

Eglise assez belle, mais la nef menace ruine. Commu-niants : il y en a environ deux cent. (En 1777, le procès-verbal de M. Pillas, constate une église délabrée, mal or-née, où il pleut.)

1770.

PAROISSE DE BARBY ET GERSON

Questionnaire adressé par l'Archevêque de Reims, avec les réponses du curé, Jean-François Loizon.

Bailliage? Au bailliage de Rethel et répond à la cour supérieure de Chaalon en Champagne.

Hameau ? Il y a trois hameaux dépendants et d'une extremité a l'autre de la paroisse qui est au centre dont ils sont éloignes d'une bonne demie lieu, les chemins sont assés faciles, il y a riviere et ruisseau et ponts pour les passer.

Communiants ? 330.

Caractère des paroissiens? Ils sont d'un excellent caractère, pieux et très assidus au travail.

Professions? Les uns sont laboureurs, les autres manouvriers, et le plus grand nombre bien pauvres gens filent et travaillent la laine.

Maitre d'école? Il y a un maitre d'école d'usage pour instruire la jeunesse et aider le curé dans ses fonctions, il reçoit de chaque menage un quartel de froment mesure de Rethel, il a quelques casuels, c'est le curé et les paroissiens qui le nomment.

Ecole? Les garçons et les filles sont pêle mêle, jusques la il n'y a point eu de lieu fixe pour tenir l'école, il y a ordinairement 70 à 80 enfants.

Eglise? Suffisamment grande, le sanctuaire et le chœur assez larges pour la décence de l'office, le chœur est voûtè et la nef lambrissée.

Autels? Il y a trois autels ; les maitre autel et celui de la Ste Vierge sont consacrés selon toute apparence, la pierre de l'autel St Jean Baptiste brisée, bientôt il y en aura une autre.

Les murs, toits, fenêtres en bon état.

Sage femme? Il y a une sage femme bien instruite pour

administrer le batême dans la nécessité, sous peu elle prétera serment.

Recouvrement des droits de fabrique? Dans ces temps fâcheux où la misere est extrême, on est obligé d'accorder du temps.

Aisances de Biens communs? Il y a des aisances qui consistent en quatre fauchés de prés de 60 verges chacun, chaque fauchée se loue communément 15 a 18 livres, la dessus la paroisse est tenue a l'entretien de la nef, du clocher, des cloches, de l'horloge, des murs du cimetière, de 4 ponts et chaussées, etc.

Presbitère? Il y a un presbitère très malsain, il consiste en cinq places basses, les murs sont en très mauvais état, il y a un jardin et il est à la porte de l'église.

Autres Bénéfices que la Cure? Autrefois il y avait une chapelle à Gerson dépendant de Barby sous l'invocation de St Martin, on en prend aujourdhuy possession sous le même titre à l'eglise matrice, elle est possédée par M. Mercier pretre séculier, curé de Melzicourt, diocèse de Reims, doyenné de Cernay en Dormois. C'est Son Eminence l'évêque de Laon qui l'a nommé en qualité d'abbé de St Remi de Reims. Cette chapelle consiste en terres et prés et rapporte 80 livres, je n'en sais pas les charges.

(*Archives départementales de la Marne*, à Châlons, série G, Archev. de Reims, Doyenné de Rethel, Visites, B.-M.)

X

OFFICIERS DE LA JUSTICE DE GERSON EN 1788

Abbaye de Saint-Remi. Registre de ses domaines et droits dressé en 1788.

Liste des fiefs mouvants de Monsieur l'abbé de Saint Remy.................. p. 39,
GERSON, est en la ville de Rethel.

Lieutenant, François Norbert Habon, avocat à Rethel.
Procureur d'office, Me Vuibert, de Rethel.
Greffier, Laurent Houssart, de Rethel.
Sergent, ...
Les derniers plaids généraux tenus le.............
Droits seigneuriaux......................

(*Archives de Reims,* F. St-Remi, Renseignements.)

XI

L'ÉPITAPHE D'ELISABETH DANS L'ÉGLISE DE BARBY

1882

Tandis que toute trace du village de Gerson a disparu du sol, l'épitaphe d'Elisabeth la Chardenière est restée le seul vestige contemporain du chancelier Gerson, encore intact dans sa patrie. Aussi, cette pierre gothique, véritable monument historique, vient d'être replacée à l'intérieur de la nouvelle église de Barby, solennellement inaugurée le 3 octobre 1882. Là, dans le bras gauche du transsept (1), le nom de cette humble femme et celui d'Arnaut le Charlier, participent à la gloire de leur fils : leur souvenir commun, joint à celui de leurs douze enfants, enseigne pour ainsi dire aux nouvelles générations ce que doit être l'éducation du foyer domestique. Spectacle fortifiant et digne de mémoire, que retrace un vitrail voisin en trois scènes expressives : celle de l'enfance du grand homme, caractérisée par cette légende :

SES PARENTS DÈS L'ENFANCE, AU HAMEAU DE GERSON,
FONT MONTER SA PRIÈRE A L'AUTEUR DE TOUT DON.

(1) Chapelle des deux saints Jean, ornée de statues et bas-reliefs du XVIe siècle, transportés de l'ancienne église. L'épitaphe est encastrée dans la muraille, entourée d'un encadrement sculpté portant ce texte : *Deus habitare facit in domo matrem filiorum lætantem...* Au-dessous, un marbre indique la situation primitive et la translation du monument en 1881.

Puis, la scène où le chancelier instruit à son tour :

APRÈS AVOIR INSTRUIT SIMPLES GENS ET SAVANTS,
POUR FORMER DES CHRÉTIENS, IL S'ADRESSE AUX ENFANTS.

Enfin, le fac-similé d'une vieille gravure qui représente Gerson dans l'exil, portant son écu symbolique avec la devise *Sursum Corda* :

EN DES JOURS DE DISCORDE, AU DIEU QUI PACIFIE,
IL ÉLÈVE SON COEUR FIDÈLE A SA PATRIE.

Cette famille rurale, contemporaine de celle de Jeanne d'Arc, offre donc l'expression vraie de nos mœurs nationales : elle démontre la puissance de cette foi religieuse qui maintint tous ses membres dans une touchante union; elle reproduit le charme de cette piété douce et forte qui nourrit dans ces âmes simples tant de vertus patriotiques et chrétiennes.

TABLE

NOTICE HISTORIQUE ET ARCHÉOLOGIQUE

Extraite du BULLETIN MONUMENTAL (*1882*), *T.* XLVIII, *p. 329.*

DOCUMENTS

Extraits du T. LXXI *des* TRAVAUX DE L'ACADÉMIE DE REIMS, *p. 400.*

Tirage à part : 50 exemplaires.
(1883).

Imp. coop. de Reims, rue Pluche, 24 (N. Monce, dél.)